Paisajes literarios

Paisajes literarios

*

문학 속의 풍경들

누리아 솔소나 그림
리카르도 렌돈 글
남진희 옮김

R

1. **톰소여의 모험** / 미시시피 강, 미국
2. **보물섬** / 밝혀지지 않은 미지의 섬
3. **야성의 부름** / 유콘 계곡, 캐나다
4. **지구 속 여행** / 아이슬란드
5. **정글 북** / 인도
6. **싯다르타** / 인도
7. **몬테크리스토 백작** / 이프섬, 마르세유, 프랑스
8. **폭풍의 언덕** / 요크셔, 영국
9. **작은 아씨들** / 매사추세츠, 미국
10. **닐스의 신기한 여행** / 스몰란드, 스웨덴
11. **나의 특별한 동물 친구들** / 코르푸섬, 그리스
12. **드라큘라** / 트란실바니아, 루마니아
13. **빨강머리 앤** / 프린스에드워드섬, 캐나다
14. **안나 카레니나** / 러시아
15. **여름의 책** / 핀란드만, 핀란드
16. **파타고니아** / 아르헨티나와 칠레
17. **파도 소리** / 우타섬, 이세만, 일본
18. **호밀밭의 파수꾼** / 뉴욕, 미국
19. **콜레라 시대의 사랑** / 막달레나강, 콜롬비아
20. **발자크과 바느질하는 중국 소녀** / 쓰촨성, 중국
21. **사막** / 사하라, 모로코
22. **길** / 이구나 계곡, 칸타브리아, 스페인
23. **아서의 섬** / 프로치다섬, 나폴리만, 이탈리아
24. **대장 몬느** / 솔로뉴, 상트르발드루아르, 프랑스
25. **모든 것이 산산이 부서지다** / 나이지리아

7
ALEXANDRE DUMAS
LE COMTE DE MONTE-CRISTO
TOME I
HACHETTE
8
9
LITTLE WOMEN
MEG, JO, BETH, AND AMY
LOUISA M. ALCOTT
10
NILS HOLGERSSONS UNDERBARA RESA GENOM SVERIGE
SELMA LAGERLÖF
11
MY FAMILY
AND OTHER ANIMALS
Gerald Durrell
12
DRACULA
By Bram Stoker
13
ANNE of GREEN GABLES
By L.M. MONTGOMERY
14
Лев Толстой
Анна Каренина
15
TOVE JANSSON
SOMMAR BOKEN
16
IN PATAGONIA
Bruce Chatwin
유럽
아시아
태평양
인도양
오세아니아
22
Miguel Delibes
EL CAMINO
21
J.M.G. Le Clézio
Désert
folio
20
Balzac et la Petite Tailleuse chinoise
nrf
GALLIMARD
19
Gabriel García Márquez
El amor en los tiempos del cólera
Editorial Sudamericana
18
the CATCHER in the RYE
a novel by J. D. SALINGER
17
潮騒
三島由紀夫

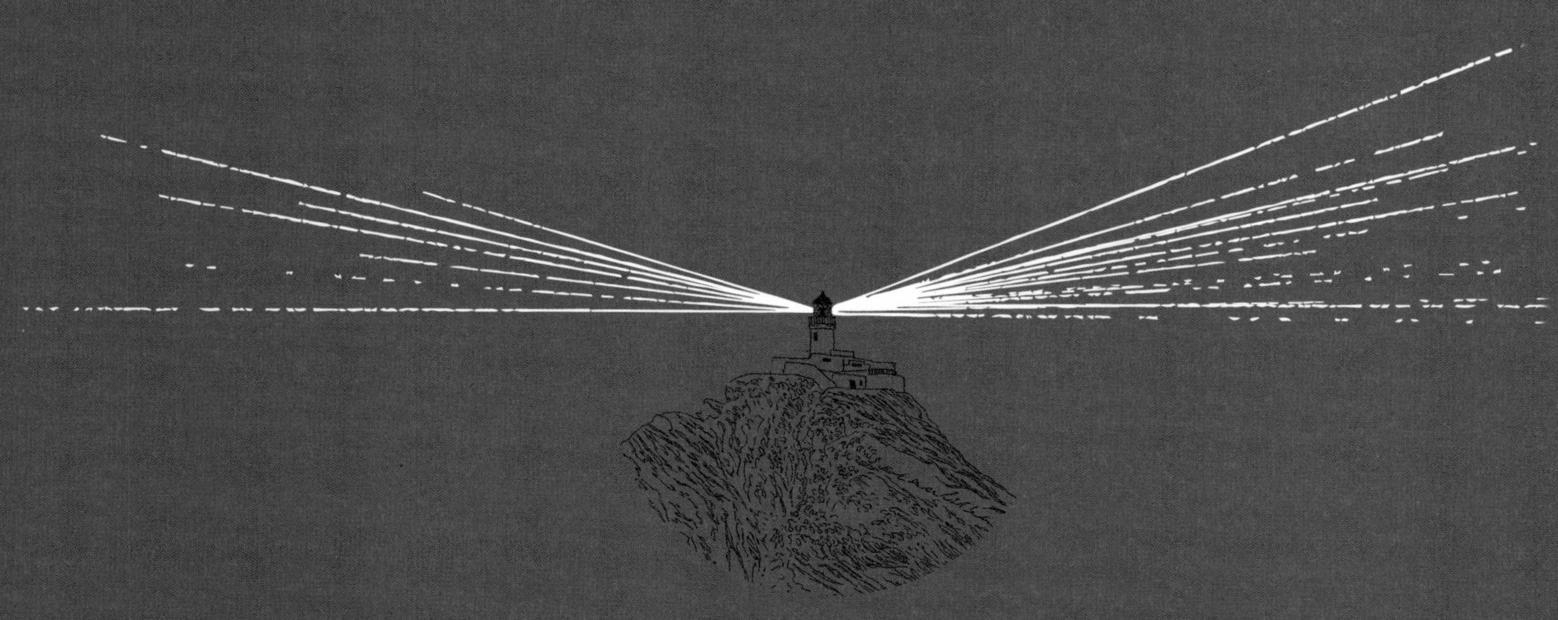

일러두기

- 영문 저자명과 함께 표기된 숫자는 해당 책이 발간된 연도를 말합니다.
- 저자명이 필명일 경우 저자 소개에는 작가의 실제 풀네임으로 표기되기도 합니다.

Paisajes literarios

문 학 속 의 풍 경 들

프롤로그

태어나서 이 세상에 도착하는 순간, 우리는 각자 주어진 여행을 시작한다. 즉, 나만의 모험을 떠나고 그 안에서 나만의 풍경을 발견하게 된다. 작은 시골 마을이든 대도시든 중요치 않다. 유년기를 비롯해 삶이 펼쳐졌던 모든 곳은 어디든 우리에게 훌륭한 무대가 된다. 작가들은 작품에서 이러한 자기만의 영토를 꾸준히 탐구해 왔다. 특정한 장소를 거론하지 않고 글을 쓴다는 것이 불가능할 정도로.

이 책에 실린 25점의 풍경은 언어를 통해 기억을 저장하고 수정하여 새로운 세상을 창조하는 공간이 문학이라는 사실을 우리에게 다시금 떠올리게 한다. 사건이 일어나는 무대, 즉 장소는 이야기와 떼려야 뗄 수 없는 요소다. 이야기를 빚어내는 작가가 언제나 주변에서 일어나는 일에만 주의를 기울이는 건 아니다. 작품에서 동경하던 아주 먼 곳에서 살아보거나 여행을 하기도 한다. 그러면서 특정한 장소를 배경으로 한 인생의 특별한 순간들을 이야기에 담아낸다.

책 속에서 마주할 25편의 순간에는 사랑, 미움, 의심, 변화, 회의, 저항, 기쁨, 비밀, 거짓, 우연한 만남, 모험과 같이 세상을 살아가며 마주하게 될 다양한 삶의 방식이 녹아들어 있다. 풍경을 통해 사막의 찌는 듯한 열기를, 맑은 하늘을, 만년설을, 비로 인해 눅눅한 습기를, 바람 소리를, 들녘에서 흘러드는 냄새나 소리를 만날 수 있다. 이러한 풍경들은 우리 인간이 자연과 얼마나 깊은 관계를 맺고 있는지 보여준다. 이 책에서 풍경은 우리를 해방하기도 하고 옥죄기도 한다. 다시 말해 우리를 (풍경에) 무관심하게 놔두지 않는다.

가브리엘 가르시아 마르케스와 같은 작가들은 말로써 새로운 도시를 세웠다. 미겔 델리베스, 제럴드 더럴, 러디어드 키플링 혹은 치누아 아체베와 같은 작가들은 우리에게 잃어버린 낙원을 이야기한다. 토베 얀손, 에밀리 브론테, 루이자 메이 올컷, 루시 모드 몽고메리, 브루스 채트윈과 같은 작가는 기억을 파고 또 파고드는 반면, 쥘 베른, 잭 런던, 마크 트웨인, 로버트 루이스 스티븐슨과 같은 작가는 모험의 길을 선택했다. 또한 물리적인 것을 뛰어넘는 풍경을, 즉 세상을 보고 느끼는 방법과 연결된 풍경을 그리는 작가도 있다. 유키오 미시마, 헤르만 헤세와 같은 작가는 작품 속 풍경의 심오한 의미를 그려내며 결코 잊을 수 없는 작품을 남기기도 했다.

풍경을 주인공으로 했다는 점을 넘어서서 이들 작품은 우리가 누구든 어디에서 왔든 우리 모두는 자신만의 길을 찾아야 한다고 한목소리로 말하고 있다.

아나 가랄론

스페인 교육문화체육부 국가상을 수상한
아동청소년문학 작가 겸 평론가

미시시피강

미국

Mississippi River
United States of America

"세인트피터즈버그에서 미시시피강을 따라 하류 쪽으로 5킬로미터 정도 가면 강폭이 2킬로미터가 넘는 곳이 있는데, 그곳에 숲이 우거진 좁고 길쭉한 섬이 있었다. 섬 앞머리에는 얕은 모래톱이 있어 사람들의 집합 장소로 제격이었다. 그 섬엔 사람이 살지 않았다. 섬은 멀찍이 떨어진 건너편 기슭에 있는 나무만 울창하게 서 있고 사람들의 왕래가 거의 없는 숲과 나란히 평행을 이루고 있었다. 그래서 두 아이는 이 잭슨섬을 근거지로 골랐다. 누구를 상대로 해적질을 할 것인지는 아직 결정하지 못했다. 두 아이는 허클베리 핀을 찾아 나섰고, 그는 바로 그들의 계획에 가담했다. 사실 그에겐 모든 것이 마찬가지였고, 아무런 차이가 없었다. 세 아이는 헤어지기 전에, 마을에서 4킬로미터 떨어진 강가의 호젓한 장소에서, 가장 마음에 드는 시간에, 그러니까 자정에 다시 만나기로 약속했다."

톰 소여의 모험

Mark Twain
1876

마크 트웨인 지음
청소년기의 두 친구가 미시시피 강변에서 함께 나눈 행복하고도 슬픈 세상 이야기.

톰은 미시시피 강가의 세인트피터즈버그시에서 단짝 친구인 허클베리 핀과 재미있는 모험과 짓궂은 장난을 즐기며 살아가는 고아 소년이다. 폴리 이모가 벌로 담장에 페인트칠을 하라고 시켰을 때는 친구들이 자기 대신 그 일을 하게 했을 뿐만 아니라, 일을 맡겨준 보답으로 각자 소유한 물건들까지 받았을 정도다. 트웨인은 이 작품에서 당시 미신에 젖은 세계를 익살스럽게 그려내기도 한다. 예를 들면, 톰과 허크가 악령을 몰아내는 주문과 죽은 고양이의 도움을 받아 사마귀를 치료하겠다고 묘지에

갔다가 엉뚱하게도 살인 사건의 증인이 되는 식이다. 탁월한 유머 감각과 극적인 사건이라는 대위법의 사용은 마크 트웨인 문체의 특징이기도 하다. 엄청난 매력을 지닌 멋진 등장인물 역시 마찬가지다. 이 작품에서 악역을 맡은, 이름만 떠올려도 복수와 원한과 악몽을 불러일으키는 사악한 인물 인디언 조를 떠올려보라.

마크 트웨인의 본명은 새뮤얼 랭혼 클레멘스로, 미시시피 강변에 있는 미주리주 한니발에서 자랐다. 그에게 미시시피강은 작품의 영감을 준 아주 중요한 장소다. 젊은 시절 그는 작가를 꿈꾸며 세인트루이스에서 뉴올리언스까지 오가는 증기선에서 도선사로 일했다. 마크 트웨인이라는 필명은 이때 한 증기선에서의 경험에서 비롯되었다. 미시시피강을 오가는 바지선에서 일하던 선원들이 강을 안전하게 항해하는 데 필요한 최소한의 깊이를 이야기하며 '마크 트웨인'이라는 표현을 사용했던 것이다.

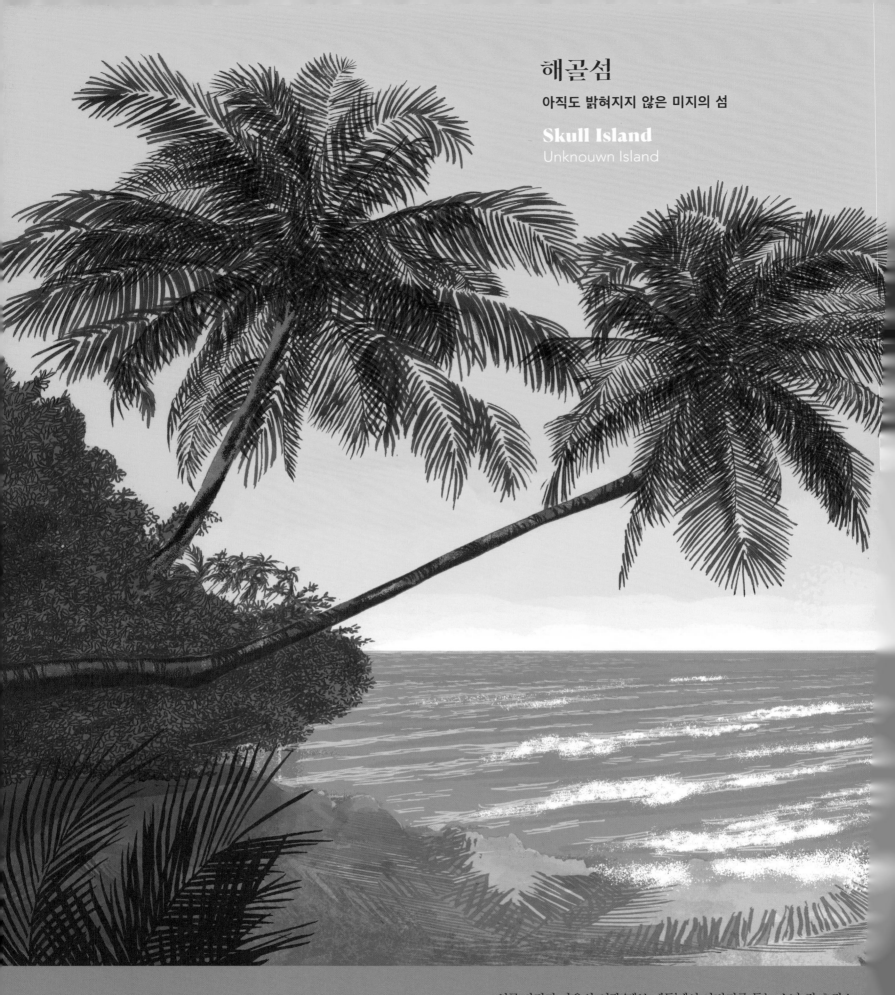

해골섬

아직도 밝혀지지 않은 미지의 섬

Skull Island

Unknouwn Island

보물섬

R. L. Stevenson

1883

로버트 루이스 스티븐슨 지음

수수께끼 속 보물 지도를 둘러싸고
피에 굶주린 해적들과 벌이는 강렬한 모험.

영국 바닷가 마을의 여관 '벤보 제독'에서 아버지를 돕는 소년 짐 호킨스가 이 감동적인 모험소설의 주인공이다. 어느 날 자신이 '선장'이라는 나이 든 뱃사람이 옷상자를 들고 와 여관에 투숙한다. 짐은 금세 그와 친해졌는데, 그를 찾아온 남자와 실랑이 끝에 크게 다친 뱃사람이 숨을 거두며 자기는 원래 해적이었고 보물 지도를 가지고 있다는 사실을 털어놓는다. 짐은 뱃사람의 목에 걸린 열쇠로 옷상자를 열어 카리브해의 유명한 해적이었던 플린트가 해골섬에 감춰놓은 전설의 보물이 묻힌 위치를 표

"이튿날 아침, 갑판에 올라보니 섬의 모습이 완전히 달라져 있었다. (…) 땅은 대부분이 회색 숲으로 뒤덮여 있었다. 이 단조로운 색조를 깨뜨린 것은 가장 낮은 지대의 노란 모래 띠와 다른 나무들 위로 우뚝 솟은 소나무들이었다. 여기저기 외롭게 한 그루씩 서 있는 것도 있었고 군락을 이루고 있는 것도 있었다. 하지만 전반적으로 회색빛을 띠고 있어서 그런지 우울해 보였다. 산들은 민머리 바위 탑처럼 숲 위로 불쑥 솟아 있었다. 하나같이 기괴하게 생겼는데, 다른 것들보다 200~300피트(약 60~90미터)는 더 높이 솟은 망원경산이 가장 기이한 모양이었다. 사방이 깎아지른 듯한 절벽으로, 꼭대기 부근만 갑자기 잘려나간 조각상의 받침대 같았다."

시한 지도를 발견한다. 그러나 무시무시한 악당 존 실버와 해적 일당은 호시탐탐 짐에게서 지도를 빼앗으려고 한다. 해골섬은 스티븐슨의 의붓아들이었던 로이드가 스코틀랜드에서 방학 동안 그렸던 그림에서 시작되었다. 스티븐슨의 온 가족은 이 그림을 보며 합심해서 즐겁게 이야기를 만들었다. 스티븐슨은 해골섬을 보자마자 그 자리에서 섬을 비롯한 각각의 장소에 이름을 붙이기 시작했고, 머릿속에선 줄거리와 작품 속 주요 등장인물의 캐릭터가 술술 풀려나왔다고 한다.

로버트 루이스 스티븐슨은 등대를 건설하던 건축가 집안 출신이었다. 그의 할아버지와 두 삼촌 그리고 아버지가 캄캄한 스코틀랜드 해안의 상당 부분에 불을 밝혀왔다. 스티븐슨은 가업을 계승하기 위해 공학을 공부했는데, 젊은 시절부터 작가가 되고 싶었던 터라 아버지의 극심한 반대에도 금세 공학 공부를 포기했다. 폐도 약하고 건강도 좋지 못해 어릴 때부터 고생했지만, 스티븐슨은 용기와 낙천적인 성격으로 이에 맞서 싸웠다. 그는 건강을 회복하기 위해 공기가 맑은 곳을 찾아다녔고, 말년에는 사모아섬에서 살았다. 원주민들은 그를 '투시탈라', 즉 이야기꾼이라고 불렀다. 스티븐슨은 그곳에서 44세의 젊은 나이로 세상을 떠났다.

유콘 계곡

캐나다

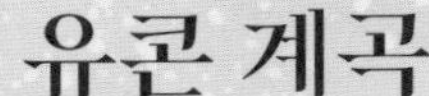

Canada

"(벅은) 물기가 사라진 강바닥을 따라 달리는 것이 너무 즐거웠고, 숨어서 숲속의 새들이 어떻게 사는지 훔쳐보는 것이 정말 좋았다. 어떤 때는 하루 종일 덤불에 누워 날개를 파닥이며 거드름을 피우는 자고새를 지켜보곤 했다. 그러나 그가 정말 좋아했던 것은 여름밤 부드러운 별빛 아래를 달리며 졸음을 부르는 숲의 나지막한 웅얼거림을 듣는 것이었다. 그럴 때면 벅은 인간이 책을 읽는 것처럼 숲의 기척을 해석하려 들었고, 깨어 있든 잠들었든 계속해서 그를 부르는 신비한 바람 소리의 기원을 찾아 나서곤 했다."

야성의 부름

Jack London

1903

잭 런던 지음

문명 세계와 야생의 경계에서 이루어지는 나 자신과의 만남.

벅은 세인트버나드와 스코틀랜드산 콜리의 믹스견으로, 따뜻한 캘리포니아에 있는 밀러 판사의 농장에서 편안하고 조용한 삶을 살고 있었다. 그러나 정원사가 돈을 벌기 위해 벅을 훔쳐 가면서 삶이 급변한다. 황금 열풍이 일던 시대에 금광을 찾던 사람들에게 팔린 벅은 알래스카로 가서 썰매개로 조련을 받는다. 벅은 알래스카라는 거칠고 투박한 환경에 맞서 빠르게 생존법을 깨우치게 되는데, 저항과 의지가 한계에 봉착하는 순간 가장 야성에 가까운 본성이 드러난다. 벅은 자기 생명을 구해준 너무나도

고마운 마지막 주인 존 손튼을 죽인 사람에게 복수한 다음 문명을 등지고 숲으로 들어간다. 잭 런던은 이 감동적인 소설로 독자들을 사로잡았다. 런던은 이 이야기를 통해 우주의 기운이 부르는 소리가 들리게 해준다. 또한 원초적인 본능을 깨우고, 먼 옛날 조상들에 대한 기억을 소환하며, 야생의 자연이 지닌 신비하면서도 잔인한 아름다움을 새롭게 느끼게 한다.

존 그리피스 잭 런던은 짧지만, 밀도 있는 삶을 살았다. 그는 태평양에선 바다표범 사냥꾼이었고, 전쟁 특파원, 복싱 해설 기자, 굴 도둑, 대학교수였으며, 알래스카와 국경을 맞댄 캐나다 북서부의 머나먼 혹한 지방 클론다이크에선 황금을 찾아 떠돌기도 했다. 당시 새로운 생계 수단을 찾아 나선 10만여 명의 사람과 같이 황금에 대한 열망에 빠진 그는, 결국 유콘강이 흐르는 황량한 클론다이크에서 직접 지은 통나무집에 살며 행운을 빌었다. 미국 작가인 잭 런던은 이곳에 살면서 진정한 자기 모습을 발견했다고 믿었으며, 인간의 삶과 야생의 삶을 연결하는 뛰어난 이야기를 써냈다.

스네펠스 화산

아이슬란드

Snæfellsjökull
Iceland

"나는 더 이상 걸음을 떼어놓을 수가 없었다. 추위와 허기에 짓눌려 금방이라도 쓰러질 지경이었다. 공기가 희박해진 탓에 허파 깊숙이까지 공기가 들어오지도 않았다.
밤 11시, 드디어 캄캄한 어둠을 뚫고 스네펠스 정상에 도착했다. 분화구 안의 피신처로 가기 전에, 나는 궤도의 가장 낮은 곳에 있는 '한밤중의 태양'을 바라보았다. 태양은 내 발 아래 잠들어 있는 섬에 희미한 빛을 비추고 있었다."

지구 속 여행

Jules Verne
1864

쥘 베른 지음
화산으로 들어가 수천 킬로미터 떨어진
또 다른 화산의 분화구로 탈출한 멋진 모험 이야기.

19세기 프랑스 문학 사상 가장 감동적인 모험은 두 가지 우연에서 시작되었다. 첫 번째 우연: 광물학의 권위자 오토 리덴브로크 교수가 조카이자 조수인 악셀과 함께 고서점에서 찾은 책을 뒤적이던 중에 책갈피에 끼어 있던 양피지가 떨어졌는데, 여기엔 룬 문자로 암호문이 쓰여 있었다. 두 번째 우연: 악셀이 문자가 쓰인 양피지로 부채질을 하다가 우연히 리덴브로크 교수가 수많은 노력을 기울였음에도 풀지 못한 암호의 실마리를 알아낸다. 암호문은 아이슬란드의 연금술사 아르네 사크누셈이 남긴

글로, 그가 지구 중심에 어떻게 들어갈 수 있었는지 설명하고 있었다. 리덴브로크는 즉시 조카와 함께 사크누셈의 업적을 되밟기 위한 탐험대를 조직한다. 교회 종탑의 외부 계단에서 삼촌이 자신의 황당한 생각에 동의하라고 강요하자, 순진한 비전문가인 젊은 악셀은 삼촌에게 맞서는 의견을 낸다. "잘 보세요. 잘 봐야 한다고요. 이 속에 담긴 심오한 교훈을 깨달아야 해요." 악셀은 지구 내부를 탐험하고 와 멋진 남자로 성장한다.

쥘 가브리엘 베른은 전 세계에서 애거서 크리스티 다음으로 많이 번역 소개된 작가로, 50여 편의 소설을 모은 총서 <경이로운 여행>(40여 년에 걸쳐 60여 개의 제목으로 소개된)에서 과학의 발전을 예견한 다양한 이론과 발명품을 선보였다. 『지구 속 여행』에 담긴 줄거리의 처음과 마지막은 실제로 존재하는 두 화산을 배경으로 하고 있다. 여행은 아이슬란드의 서해안에 있는 전설적인 스네펠스 화산(오늘날 아이슬란드의 가장 상징적인 풍경 중의 하나)에서 시작해, 시칠리아의 에스트롬볼리 화산에서 끝을 맺는다.

마디아 프라데시의 정글

인도

Madhya Pradesh
India

"발 아래에 썩은 나뭇가지나 숨어 있던 돌멩이가 갑자기 나타나도 모글리는 전혀 속도를 줄이지 않고 가볍게 피했다. 땅 위로 돌아다니다 지치면 원숭이처럼 손을 들어 가장 가까운 곳의 넝쿨을 잡았다. 나뭇길을 떠난 가장 가는 가지까지 기어오르는 것이 아니라 붕 떠오르는 것처럼 보였다. 그러다가 다시 다른 일을 하고 싶어지면 다시 커다란 곡선을 그리며 덤불 속 땅 위로 뛰어내렸다."

정글 북

Rudyard Kipling
1894

러디어드 키플링 지음

다양한 인물 군상의 모자이크이자
인도 열대우림에서 펼쳐지는 생존과 우정의 이야기.

밀림을 다루고 있는 이 책은 한 편의 시로 시작하는 일곱 편의 이야기를 묶은 연작소설이다. 이 중 가장 널리 알려진 것은 늑대소년 모글리의 이야기다. 갓난아이였을 때 부모가 벵갈호랑이의 공격을 피해 도망가다가 정글에서 잃어버린 어린아이가 바로 모글리다. 늑대 한 쌍이 잔인한 호랑이 시어칸의 날카로운 발톱으로부터 아기를 구한다. 양어머니가 된 락샤는 아기를 기르기로 마음먹고 아기에게 털이 없다는 이유로 개구리라는 의미를 담은 모글리라는 이름을 붙여준다. 이야기엔 인도에 사는 다

양한 동물, 예컨대 늑대 무리의 대장인 아켈라, 모글리에게 정글의 법칙을 가르친 곰 발루, 흑표범 바기라, 뱀 카아, 사나운 원숭이 무리인 반다로그가 등장한다. 이들은 모두 키플링이 창조한, 우리 기억 속에 깊은 인상을 남긴 등장인물이다. 모글리는 정글에서 살아가는 동안 위험으로 가득 찬 자연에서 자라면서 인간이 만든 것과는 다른 새로운 규범을 발견한다. 독창적 상상력으로 가득한 이 소설들은 읽을 때마다 새로운 깨달음과 여운을 준다.

조지프 러디어드 키플링은 인도가 영국의 식민지였던 시절에 뭄바이에서 태어났다. 영국인 부부의 아들이었던 그는 태어나면서부터 6년간 유모가 들려주는 힌디어 이야기를 들으며 자랐다. 사랑을 듬뿍 받았던 그의 유년기는 인도의 시장, 떠들썩한 거리, 다양한 풍경, 활기 넘치는 사람들의 향기로 넘쳐나던 시기였다. 키플링은 마디아 프라데시 숲의 늑대들 사이에서 자란 아이에 대해 예전에 썼던 책 『루에서』를 토대로 『정글 북』을 썼다. 모글리가 펼치는 모험의 무대로 울창한 정글을 그려낸 키플링은 직접적이고 힘찬 언어로 마술적인 장면을 묘사하며 모험을 생생하게 이끌어간다.

숲속의 거대한 강

인도의 북부

A Huge River In The Forest

India

"강이 어떻게 흘러가는지 조용히 바라보았다. 강물이 그토록 자기 마음에 든 적은 일찍이 한 번도 없었다. 강물 소리와 흘러가는 강물이 들려주는 우화적인 의미가 이토록 강력하고 아름답게 들렸던 적 역시 없었다. 강물이 자기에게 들려주고픈 뭔가 특별한 이야기가 있는 것 같았다. 여태 모르고 있는 특별한 이야기, 그가 그토록 오랫동안 고대했던 이야기를 지니고 있는 것 같았다."

싯다르타

Hermann Hesse

1922

헤르만 헤세 지음

기존의 규범을 따르지 않고 경험을 통해 진정한 구도의 길을 모색하는 이야기.

브라만 계급의 가정에서 자란 젊은 싯다르타는 진실에 대한 열망으로 집을 떠나, 산에 사는 고행자인 사문들과 어울린다. 그들과 함께 명상을 하고, 금식을 하고, 기다리는 법을 배운 그는 순례하던 중에 도시에 도착해 아름다운 여인인 카말라와 부유한 상인인 카마스와미를 알게 된다. 20년 동안 이들과 생활하며 이 땅에 존재하는 모든 쾌락을 나눈다. 그러나 시간이 흐르자 이런 물질적인 삶이 진정한 길이 아니라는 것을 느끼게 된다. 싯타르타는 마침내 도시를 떠나 존재의 의미를 찾아 새로운 길을 나

선다. 그는 몇 가지 비극적인 일을 겪고 나서 '강이 내는 소리를 듣는 법'을 배운다. 두려움을 극복하고 불편부당한 마음으로 삶의 대조적인 모습을 경험할 수 있게 해준 평정심을 통해, 브라만 계급의 반항아였던 싯다르타는 진정한 의미에서 자기 자신을 발견하게 된다. 그리고 각각의 순간에 내재한 현실을 붙잡아야 한다는 것, 또 매 순간은 언제나 강처럼 새롭게 살아 움직이는, 다시 말해 항상 변하는 것이라는 사실을 깨닫는다.

헤르만 헤세는 독일 남서부의 소도시 칼프에서 태어났다. 헤세의 가족은 인도 남부에 뿌리를 둔 개신교 선교사 집안의 후손이었다. 헤세의 유년기와 청년기는 인도의 영성에 대한 지식으로 규정할 수 있다. 청년 헤세는 독립적이고 정열적이면서도 자존심이 강했고, 이로 인해 부모와 심한 갈등을 겪었다. 헤세의 힌두교, 불교, 도교 연구에 영향을 받은 소설 『싯다르타』는 교리가 방법은 될 수 있지만 그 자체로 목적은 될 수 없다는 사실을 역설하고 있다. 즉, 사람은 자기만의 길을 찾아야 하며 다른 사람이 규정한 길을 따라선 안 된다고 말한다.

이프섬

프랑스의 마르세유만(灣)

If Island

Marseille, France

"두 번째로 모습을 드러낸 곳은 처음 떨어졌던 지점에서 최소한 쉰 걸음은 떨어진 곳이었다. 머리 위 폭풍을 머금은 시커먼 하늘에선 바람이 사정없이 구름을 밀어내고 있었고, 이따금 별이 총총하게 뜬 푸른 하늘 한 조각이 언뜻언뜻 모습을 드러냈다. 앞에서는 광활한 바다가 음울하게 포효하고, 파도는 태풍이 다가온 것처럼 부글부글 끓어오르기 시작했다. 뒤에서는 바다와 하늘보다 검은 거대한 바위가 위협적인 유령처럼 깎아지른 듯이 서 있었다. 바위의 어두운 꼭대기는 먹잇감을 다시 채가려는 듯 팔을 불쑥 내민 것처럼 보였다."

몬테크리스토 백작

Alexandre Dumas

1844-1846

알렉상드르 뒤마 지음

절대로 용서할 수 없는 배신과 억울한 감금,
천천히 조여가는 복수를 담은 이야기.

『몬테크리스토 백작』은 문학사에서 복수를 다룬 작품 중 가장 잊히지 않을 작품이다. 작품의 주인공인 에드몽 당테스는 짓지도 않은 죄를 뒤집어쓰고 이프성에서 오랜 세월 동안 갇혀 지냈다. 그러다 또 다른 죄수였던 파리아 신부의 도움을 받아 성에서 탈출해, 신부가 알려준 보물로 변신에 성공한다. 몇 년 후 에드몽은 몬테크리스토 백작이라는 다른 신분으로 자기를 감옥에 몰아넣었던 배신자들에게 복수하기 위해 고향으로 돌아온다. 이프성은 16세기에 만들어진 요새로 오늘날까지도 남아 있는

데, 마르세유 해변에서 4킬로미터 정도 떨어진 거리에 있는 프리울 제도의 작은 섬인 이프섬에 있다. 얼마 되지 않아 감옥으로 쓰이기 시작한 이 성은, 험하고 탈출하기 어려워 약 499년 동안 전 세계 최악의 감옥을 상징하는 곳이 되었다. 이 때문에 알렉상드르 뒤마는 이 성에 당테스라는 죄수를 몰아넣은 것이다.

알렉상드르 뒤마는 놀랍도록 많은 작품을 남긴 소설가이자 극작가로, 시대를 초월해 가장 많이 읽힌 프랑스 작가 중 한 사람이다. 프랑스혁명의 잊힌 영웅이었던 그의 아버지는 카리브의 몰락한 귀족과 흑인 노예의 아들이란 이유로 네그로 백작이라 불렸다. 뒤마는 부모님 덕에 생생한 모험을 할 수 있었고, 이는 그의 작품 중 가장 큰 인기를 얻은 소설 『몬테크리스토 백작』과 『삼총사』를 쓰는 데 영감을 주었다. 『몬테크리스토 백작』의 줄거리는 친구들에게 배신을 당하고, 거짓된 우정 탓에 감옥에 갇혔다가, 복수를 위해 돌아왔던 파리 출신 제화공의 실화에 기초하고 있다.

바람이 휘몰아치는 요크셔 지방의 황량한 들판

영국

Yorkshire
England

"그 금요일은 한 달 가까이 이어졌던 좋은 날씨가 끝나던 날이었다. 날이 저물자 날씨가 궂어지기 시작했다. 남풍에서 남동풍으로 바뀌더니 처음에는 비가 오다가 나중엔 진눈깨비가 되고 다시 눈으로 바뀌었다. 이튿날 아침이 되자 여름 같은 날씨가 3주 동안이나 계속되고 있었다고는 믿기 어려울 정도였다. 앵초와 크로커스는 겨울의 맹공에 몸을 감췄다. 종달새는 입을 다물었고, 너무 일찍 돋아났던 새싹들은 시들어 까맣게 변했다. 그날 아침은 쓸쓸하고, 춥고, 우울하게 흘러갔다."

폭풍의 언덕

Emily Brontë
1847

에밀리 브론테 지음
빅토리아 여왕 시절 영국을 배경으로 펼쳐지는
사랑과 복수를 담은, 바람이 휘몰아치듯 어두운 이야기.

요크셔의 백작령이었던 황량한 들판에 살던 언쇼 가족은 어느 날 고아인 히스클리프를 양아들로 입양한다. 남매처럼 함께 자라던 캐서린 언쇼와 히스클리프는 결국 뜨거운 사랑에 빠져 서로에게 병적으로 집착하게 된다. 그러나 캐서린은 결국 언쇼 가문의 사람들과 이웃처럼 지내던 부자인 에드거 린튼과 결혼한다. 이로 인해 절망에 빠진 히스클리프는 이곳을 떠난다. 이 이야기는 절망에 빠진 쌍둥이와 같은 두 영혼의 이야기다. 배신이 어떤 복수를 불러오는지, 얼마나 잔인해질 수 있는지, 한 걸음 더

나아가 그들의 삶을 어떻게 비극으로 이끄는지, 그리고 두 가문을 얼마나 큰 불행 속에 빠트릴 수 있는지 잘 보여준다. 엄격했던 빅토리아 시대의 관습에 대한 도전으로 여겨질 정도로 적절하지 않은 내용을 담고 있던 이 소설은 출간 이후 수많은 논쟁을 불러일으켰다. 소설 속의 주요 배경인 사람이 살지 않는, 비가 쏟아지는, 바위투성이인 황량한 들판을 통해 브론테는 등장인물들의 왜곡된 영혼과 풍경에 담긴 극적인 적개심을 절묘하게 연결하며 폭풍처럼 몰아치는 이야기를 생생하게 펼쳐 보인다.

에밀리 제인 브론테는 19세기 영국 작가로, 모두 글을 썼던 세 자매 중 둘째였다. 브론테 자매는 주체할 수 없을 정도로 넘치는 상상력의 소유자들로, 기숙학교를 졸업하면서 각자 소설을 써, 같은 해에 영국 문학의 고전이라고 할 수 있는 작품을, 당대의 편견 때문에 각자 남성 필명을 사용해 발표했다. 엘리스 벨이라는 이름으로 『폭풍의 언덕』을 출판한 지 1년 후, 에밀리 브론테는 겨우 서른 살이 나이로 세상을 떠났다.

매사추세츠

미국

Massachusetts
United States of America

"눈이 (물기를 머금지 않고) 가벼웠던 덕분에, 작은 아가씨 조는 해가 뜨면 베스가 산책 나갈 수 있게 정원 주변에 길을 내는 데 그렇게 많은 시간이 걸리지는 않았다. (…) 정원은 로런스 씨의 집에 접해 있었다. 두 집 모두 시골 분위기가 물씬 나는 교외에 자리 잡고 있었다. 주변엔 미루나무와 잔디밭 그리고 커다란 정원과 한적한 길이 펼쳐져 있었다. 야트막한 울타리를 경계로 한쪽엔 짙은 갈색을 띤 오래된 집이 있었는데, 어딘가 버려진 듯한 느낌이 드는 집으로 여름이면 집을 아름답게 꾸며줘야 할 등나무 덩굴도 없었고, 당연히 집을 둘러싸고 있어야 할 꽃도 보이지 않았다. 그러나 반대쪽엔 웅장한 석조 건물이 있었는데, 경제적으로 넉넉한 모습을 여실히 보여주었다."

작은 아씨들

Louisa May Alcott
1868

루이자 메이 올컷 지음
문학사에 커다란 자취를 남긴 네 자매 이야기로, 당대의 풍속도를 잘 보여준다.

미국 남북전쟁 시기에 마치 가의 네 자매(메그, 조, 베스, 아미)는 엄마와 함께 뉴잉글랜드에서 살고 있었다. 그들이 처한 상황은 그리 쉽지 않았는데, 아버지는 전선에 있었고 가족은 경제적으로 어려웠기 때문이다. 네 자매는 자기들을 시험에 몰아넣는 것만 같은 시련 속에서도 서로를 믿고 도우며 성장해 간다. 당시에는 작은 아씨 중의 조와 같이 개인의 자유와 반체제적인 정신세계를 구현하고자 하는 여성이 그리 보편적이지는 않았다. 바로 이 지점에서 올컷은 당대와 후대의 독자들에게 큰 영향을 미

쳤다. 소설에선 비록 루이자 가족이 상당 기간 정착해 살았던 매사추세츠의 작은 마을인 콩코드를 직접 언급하진 않았지만, 많은 부분이 자전적인 요소를 띠고 있다. 작품 속 풍경, 올컷이 살았던 집과 매우 유사한 집이 이 이야기의 토대가 되고 있기 때문이다. 그곳의 숲과 초원, 눈 내리는 오후와 대서양에 접한 해변 등은 등장인물들과 밀접하게 연결되어 있으며, 이들은 다시 유년기와 청년기를 함께 보낸 작가의 가족들과 강하게 연결되어 있다.

루이자 메이 올컷은 펜실베이니아의 저먼타운에서 태어났다. 교사이자 철학자였던 올컷의 아버지는 노예제 철폐와 여성 참정권을 주장했으며, 어머니는 매사추세츠주의 초기 사회운동가였다. 올컷은 젊은 시절부터 교사로, 가정교사로, 가정부로 일했으며, 훗날엔 작가로서 삶을 영위했다. 마치 가와 마찬가지로 네 명인 올컷의 자매는 부모님에게 집에서 교육을 받았다. 부모님과 마찬가지로 올컷은 사회 분야에서 매우 활동적이었으며, 평생을 정치적으로 확실한 색채를 지니고 살았다. 또한 독립성과 투쟁 정신을 지녔다는 점에서 미국 여성들에게 모범적인 인물이었다.

스몰란드

스웨덴

Småland
Sweden

"육지라고 해야 할지 바다라고 해야 할지 알 수 없는 곳이었다. 사방에서 바다가 육지 안으로 깊숙이 들어온 곳으로, 바닷물이 섬과 반도, 곶과 갑을 만들며 육지를 파고들었다. 바다가 너무도 위풍당당하게 몰아치는 바람에 산의 언덕배기와 산비탈만 겨우 바다 위에 떠 있을 수 있었다. 저지대는 바다에 잠겨 있었다.
기러기들이 바다에서 돌아올 저녁 무렵, 물결치는 육지가 반짝이는 내포 사이로 아름답게 펼쳐졌다. 점점이 박힌 집들이 조그맣게 소년의 눈에 들어왔다. 대지의 품에 안긴 멋진 저택들이었다."

닐스의 신기한 여행

Selma Lagerlöf
1906-1907

셀마 라겔뢰프 지음

기러기의 등에 타고 스웨덴 하늘을 날며
새로운 세상을 발견한 한 소년의 이야기.

닐스는 부모님 농장의 동물뿐만 아니라 주변 사람들까지 괴롭히길 좋아하는 장난기 많은 게으름뱅이 소년이다. 어느 날 그물로 요정을 잡은 닐스는 자신을 자유롭게 풀어달라는 요정의 제안을 거절했다가 마법에 걸려 엄지손가락만큼 작아진다. 농장의 동물들은 닐스가 아주 작아진 모습을 보고 그동안 심한 장난으로 자신들을 괴롭혔던 닐스에게 복수하려 한다. 그때 마침 기러기 몇 마리가 그 위를 날아가고 있었는데 농장의 어린 거위 한 마리가 기러기 무리에 끼고 싶어 했다. 기러기들은 거위를 보고 '날지

못하는 새'라고 조롱하고, 이에 화가 난 거위는 하늘로 날아오른다. 닐스는 자기가 아주 작아졌다는 사실을 잊고 거위 목을 잡아 못 날아가게 하려고 했지만, 거위가 너무 빨라서 별수 없이 거위의 등을 타고 같이 날아오른다. 닐스는 기러기 무리와 함께 스웨덴의 방방곡곡을 날아다니며 수많은 모험을 하는데, 이 신기한 여행을 통해 몸도 마음도 크게 성장한다.

셀마 오틸리아 라겔뢰프는 노벨 문학상(1909)을 받은 최초의 여성 작가다. 스웨덴에서 태어난 라겔뢰프는 가족이 처한 불안한 경제 상황 탓에 일찍부터 삶을 살아가기 위해선 직업이 있어야 한다는 사실을 깨닫고 교사가 되기로 마음먹었다. 라겔뢰프는 당대에 스칸디나비아에서 일어난 페미니즘 운동에서 아주 두드러진 역할을 했다. 스웨덴의 교육심의회에서 일하면서 아이들에게 스웨덴의 지리와 신화, 풍속을 가르치기 위한 교재도 썼는데, 이때 자신의 가장 널리 알려진 작품인 『닐스의 신기한 여행』을 구상했다. 3년 동안 스웨덴 각 지방의 자연과 민속, 전설을 공부한 라겔뢰프는 여기에서 얻은 모든 지식을 닐스의 상상력 넘치는 여행에 녹여냈다.

코르푸섬

그리스

Corfu

Greece

“푸크시아 울타리 너머의 올리브 숲에서 끊임없이 들려오는 매미의 영롱한 울음소리는 (정원에서 벌어지는) 모든 활동에 반드시 딸려 나오는 반주와 같았다. 더위로 현기증이 날 것만 같은 기이한 분위기가 자기만의 소리를 만들어 낼 수 있다면 그것은 분명히 매미의 단조로우면서도 낯선 울음소리일 것이다.
(…)
섬의 마력이 꽃가루처럼 부드럽게 내려앉더니 우리에게 달라붙었다. 하루하루가 더없이 평온하고 시간을 뛰어넘은 것만 같아 하루가 영원히 끝나지 않길 바랄 정도였다. 하지만 밤의 까만 껍질이 벗겨지면, 비현실적인 색채의 전사지(轉寫紙)처럼 다양한 색으로 반짝이는 또 다른 하루가 우리에게 다가왔다.”

나의 특별한 동물 친구들

Gerald Durrell

1956

제럴드 더럴 지음

그리스섬의 다양한 동물 틈에서 보낸 유년기의 재미있는 모험과 기억.

먼 훗날 작가가 될 제럴드 더럴은 열 살에서 열네 살까지 가족과 함께 그리스의 코르푸 섬에서 잊을 수 없는 날들을 보냈다. 몇 년 후, 더럴은 이 시기에 헌정한 자전적인 책 세 권 중 첫 번째 책, 『나의 특별한 동물 친구들』을 출간했다. 작가는 놀랄 만큼 뛰어난 유머 감각으로 이 섬의 기상천외한 사람들을 소개하며, 더럴에게 동물들을 사랑하는 마음을 심어준 과학 탐험과 가족들이 겪게 되는 재미있는 에피소드들을 생생하게 들려준다. 여기엔 더럴 가족이 4년 동안 세 번이나 이사를 할 수밖에 없었던 황

당한 이유를 비롯해 사람들의 혼을 쏙 빼놓는 일화로 가득하다. (실제 있었던 이야기도 있고, 지어낸 이야기도 있다.) 또 식사하러 자리에 앉기 전에 제럴드가 곤충들을 잡아 성냥갑에 넣어놨는데, 이 사실을 모르고 동생이 성냥갑을 여는 바람에 전갈과 곤충 새끼들이 쏟아져 나와 난장판이 되어버렸던 점심 식사 이야기처럼 흥미진진한 이야기도 담겨 있다.

제럴드 맬컴 더럴과 그의 가족은 영국의 음울한 회색빛 날씨에 질려 1935년 코르푸섬으로 이사한다. 제럴드는 그리스에 사는 4년 동안은 학교에 가지 않았다. 그러나 수많은 선생님을 비롯해 가족과 가까이 지내던 지인들로부터 교육을 받았다. 그중에서도 그리스인과 영국인 혼혈로, 과학자이자 시인이자 철학자였던 테오도레 스테파니데스는 제럴드가 자연사에 관심을 갖게 하는 데 큰 역할을 했다. 두 사람은 시험관과 욕조 등을 이용해 섬의 다양한 동물을 조사했으며, 이때 동물 연구에 푹 빠진 더럴은 이를 직업으로 갖기에 이른다. 더럴은 성인이 되고 나서 평생을 멸종 위기에 빠진 동물을 보호하기 위해 전 세계를 탐험하며 보냈다.

보르고의 고갯길

루마니아의
트란실바니아

Bârgău Mountains
Transylvania, Romania

"저녁이 되자 쌀쌀해지기 시작했다. 짙은 땅거미가 깔리며 참나무, 너도밤나무, 소나무 등이 만든 어두운 그늘이 짙은 안개 속으로 빨려 들어갔다. 우리가 고갯길을 따라 오르는 동안 산모퉁이 사이 깊게 펼쳐진 계곡엔 방금 내린 눈을 배경으로 거뭇거뭇한 전나무들이 여기저기에서 눈에 띄었다. 우리는 앞길을 막아버리는 것 같다가도 그때그때 길을 터주던 소나무 숲을 지나고 있었는데, 금세라도 나무 위로 쏟아질 듯한 엄청난 크기의 잿빛 구름이 신비하면서도 장엄한 분위기를 연출했다. 카르파티아 산맥 사이의 계곡을 끝없이 휘감으며 스산한 느낌을 자아내던 구름이 석양에 기기묘묘한 부조를 만들던 이른 저녁, 이런저런 생각 탓에 음울한 환상에 젖어 들었다."

드라큘라

Bram Stoker
1897

브램 스토커 지음
트란실바니아의 교활하고 사악한 뱀파이어에
맞서 싸운 두 영국 젊은이의 공포를 다룬 이야기.

이 작품은 브램 스토커의 괴기소설로 뱀파이어를 다룬 첫 번째 작품도, 유일한 작품도 아니었지만 가장 널리 알려진 작품이 되었다. 아일랜드 출신인 작가는 뱀파이어 전설에 대한 엄청난 정보를 모아 드라큘라 백작이라는 묘한 매력을 지닌 등장인물을 만들어냈다. 젊은 변호사 조너선 하커와 약혼녀인 미나 머레이의 일기를 토대로 한 소설은 조너선이 의뢰인을 만나기 위해 머나먼 루마니아로 여행을 떠나며 시작한다. 변호사는 자기를 맞이해 준 드라큘라 백작이 뱀파이어라는 사실을 알고서 깜짝 놀

라고, 백작은 사실이 발각되자 그를 성에 가둔 다음 영국으로 떠난다. 런던에 도착한 드라큘라 백작은 미나와 그녀의 친구인 루시를 만나고, 결국 루시를 물어 죽인다. 조너선은 탈출에 성공해 런던에 돌아오지만, 드라큘라는 미나를 시켜 그의 피를 빨아 마시게 한다. 조너선과 미나는 마침내 의사인 반 헬싱의 도움을 받아 뱀파이어로부터 벗어난다. 즉, 그의 저주에서 탈출한다.

에이브러햄 스토커는 아일랜드 출신의 소설가로, 건강 문제 탓에 7년에 걸친 유년 시절 동안 침대에 누워 지냈다. 이때 어머니가 스토커의 기분을 풀어주기 위해 침대 곁에 앉아 늘 환상적이면서도 신기한 이야기를 들려주었다. 작가가 되기 전 스토커는 수학을 공부했고 공무원과 유명 배우의 매니저로도 일했다. 그는 드라큘라 성의 위치를 정하면서 에밀리 제럴드의 작품을 비롯해 트란실바니아에 있는 카르파티아 산맥의 험준한 풍경을 묘사한 다양한 자료를 참고했는데, 바로 여기에서 소름 끼칠 정도로 무시무시한 보르고 고갯길을, 즉 드라큘라의 영토로 들어가게 되는 산마루를 찾았다.

프린스에드워드섬

캐나다

Prince Edward Island

Canada

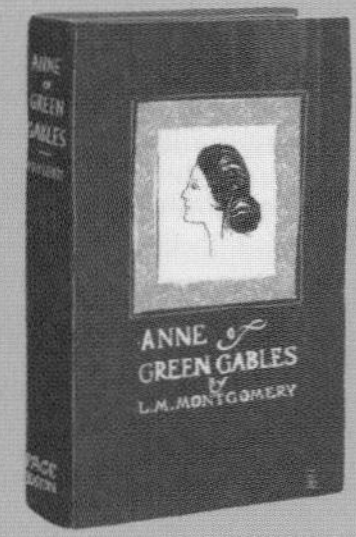

빨강머리 앤 (초록 지붕 집의 앤)

L. M. Montgomery

1908

루시 모드 몽고메리 지음

농사를 짓는 남매에게 입양되어 가정의 의미를 깨닫게 된 고아 소녀의 이야기.

캐나다의 작은 섬에 있는 초록 지붕의 농장에서 살고 있던 중년의 마릴라와 매슈 커스버트 남매는 자기들을 도와줄 남자아이를 입양하기로 마음먹는다. 몇 가지 오해와 실수가 겹쳐 남자아이가 아닌 앤이라는 이름의 열한 살짜리 빨간 머리 여자아이가 이곳에 오게 된다. 착오가 있었음에도 앤의 개성 넘치는 성격과 지극히 섬을 아끼는 마음 덕분에 결국 두 남매는 앤을 사랑하게 된다. 섬의 풍경은 이 작품의 가장 근본이 되는 요소이기도 하다. 사람들을 하나로 엮는 것이 있다면, 바로 프린스에드워드섬

"정원 너머엔 고랑에 맞춰 마늘을 심어놓은 밭이 골짜기까지 완만한 경사지를 만들고 있었다. 개울이 골짜기를 따라 흐르고 있었고, 예쁜 고사리와 이끼 그리고 다양한 식물이 지천으로 깔린 땅 위로 우뚝 솟은 하얀 자작나무들이 줄지어 자라고 있었다. 건너편엔 가문비나무와 전나무들로 선이 한층 부드러워진 푸른 언덕이 있었다. 그곳의 움푹 들어간 부분엔 반짝반짝 빛나던 호수 맞은편에서 보았던 회색 지붕을 얹은 자그마한 집이 서 있었다.
왼쪽으로 조금 떨어진 곳엔 축사가 있었고, 푸른 목장 너머론 반짝이는 바다가 어렴풋이 보였다. 아름다움을 사랑하는 앤은 사방을 두리번거리며 이 모든 풍경을 빨아들이기라도 할 듯이 잠시도 눈을 떼지 않았다. 가엾게도 앤은 지금까지 아름답지 못한 곳만 너무 많이 보아왔다. 하지만 이곳의 풍경은 꿈조차 꿔보지 못할 정도로 아름다웠다."

에 있는 가상의 작은 어촌 마을인 에이번리라는 지리적인 공간일 것이다. 자연의 아름다움이 두드러지는 이 소박한 어촌 마을에서 앤은 버려지고 소심한 아이에서 자기 생각을 강하게 표현하고 입양한 가족에게 뜨거운 사랑을 보여주는 아이로 변해간다. 소설 속 풍경과 등장인물은 평행선을 그리며 진화해 서로를 바꿔놓는다. 에이번리는 앤 덕분에 에이번리다워지고 앤도 마찬가지로 에이번리 덕분에 앤다워지는 것이다.

루시 모드 몽고메리는 캐나다의 작가로, 교직을 이수하고 신문기자로 일하기도 했다. 『빨강머리 앤』에 나오는 에이번리라는 가상의 마을공동체는 작가가 자란 캐번디시(프린스에드워드섬의 시골 마을)에서 영감을 받았다고 한다. 주인공 앤과 마찬가지로 작가 역시 할머니에게 입양되어 성장했다. 에이번리는 몽고메리가 어렸을 적부터 잘 알고 지냈던, 몽고메리가 처음 도착한 순간부터 모든 것을 새롭게 경험하고 배워야 했던 섬에서의 생활을 토대로 하고 있다.

모스크바와 상트페테르부르크 사이의 광활한 황무지

러시아

A Vast Wilderness Between Moscow & Saint Petersburg

Russia

"바로 그때 바람이 모든 장애물을 다 없애버리기라도 할 듯이 객차 지붕의 눈을 쓸어내렸고, 어디선가 떨어진 철판 조각을 흔들어댔다. 저 멀리에서 귀를 쩌렁쩌렁 울리는 기적 소리가 음산하면서도 서럽게 울부짖었다. 무시무시한 눈보라지만 그녀에겐 그 어느 때보다 더 아름답게 보였다."

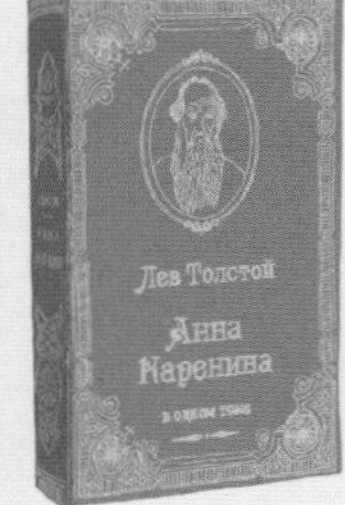

안나 카레니나

Lev Tolstoi

1875-1877

레프 톨스토이 지음

사회의 위선 및 도시와 농촌의 대조적인 삶을 다룬 방대한 이야기.

안나 카레니나의 그 유명한 시작은 다음과 같다: "모든 행복한 가정은 서로 닮았고, 모든 불행한 가정은 제각각으로 불행하다." 안나는 스무 살 연상의 러시아 정부 고위 관리와 결혼한 여자다. 안나는 잘생긴 군인인 브론스키 백작과 만나 불륜을 시작하는데, 엄격한 사회규범으로 인해 결국엔 불행한 결말을 맞게 된다. 자유를 만끽하려다 희생자가 되고 만 안나의 이야기와 평행선을 그으며 소설은 자기 집 농노들의 삶을 개선하려고 끊임없이 노력하는 지주 레빈(작가의 또 다른 자아라고 볼 수 있는)의

삶을 서술해 나간다. 레빈은 언제나 도시의 번잡함이나 사교계의 삶과는 일정한 거리를 두고 살아간다. 이는 톨스토이가 평생 농촌의 소박하고 조용한 삶과 무엇보다도 겉치레를 중시하던 모스크바와 상트페테르부르크의 잘 꾸며진, 속도감 있는 삶을 대조적으로 봤던 것과 마찬가지다. 레빈은 러시아 농촌과 그 풍경을 상징하는 인물이며, 여기에서 풍경은 언제나 작가의 생각은 물론 영적인 투쟁과 내적으로 연계되어 있다.

레프 톨스토이는 귀족 가문 출신으로 19세기 러시아를 대표하는 위대한 문학가다. 톨스토이의 비폭력 사상은 간디와 마틴 루서 킹 목사에게 영향을 미쳤다. 톨스토이는 문학에서 성공을 거둔 장년기에 영적으로 깨어나면서 도덕적으로 위기를 맞았다. 그래서 이때 농촌 야스나야 폴랴나(툴라)의 가족들이 머물던 집으로 돌아와, 죽는 날까지 소박한 삶을 살았다. 농노들의 자식을 위해 학교를 설립하고 자기 집 정원에서 직접 그들을 가르치며, 교육용 책을 쓰고 편집하기도 했다. 톨스토이의 교육학은 자신과 주변 사람들에 대한 존중에 기초하고 있다.

핀란드만

핀란드의 발트해

Suomenlahti
Baltic Sea, Finland

"저녁이 되자 시원하고 서늘한 기운이 내려오면서, 춤을 추던 하루살이들은 사라졌다. 개구리들이 앞다퉈 고개를 내밀고 노래하기 시작했고, 개구리들이 앞다퉈 고개를 내밀고 노래를 시작한 걸 보면, 잠자리들은 이미 다 죽었을 것 같았다. 하늘에선 마지막 남은 붉은 구름이 노란 구름과 뒤섞여 오렌지색 하늘을 만들었다…."

여름의 책

Tove Jansson
1972

토베 얀손 지음
여름방학 동안 고즈넉한 섬에서 함께한 할머니와 손녀의 애틋한 기억들.

『여름의 책』에 담긴 스물두 편의 짧은 이야기는 핀란드만의 작은 섬에서 여름을 보내는 동안 전개된다. 이 일화들에는 할머니와 아들 그리고 손녀인 소피아가 등장하는데, 진정한 의미에서의 주인공은 80대의 할머니와 손녀다. 꼼꼼한 관찰과 고요함이 어우러진 재기발랄한 이야기 속에서 다양한 색채를 지닌 두 사람은 때론 이리저리 부딪치기도 하며 끈끈한 관계를 이어나간다. 소피아가 할머니에게 언제 죽을 것인지 묻자, 할머니는 곧 죽을 것이지만 그것은 자기가 결정할 수 있는 일은 아니라고 대

답하는 식이다. 두 사람은 상상력과 지혜가 넘치는 대화를 통해 내면의 지도를 그려나가며, 동시에 자신들을 둘러싸고 있는 풍경의 경이로움을 발견한다. 때때로 글은 소설 속 바위와 바다처럼 거칠고 사나운 느낌을 주기도 하는데, 이렇게 풍경은 단순한 무대 이상의 의미를 지닌다. 이 책에서 여름날의 자연은 할머니와 손녀의 두려움과 순간순간 바뀌는 마음의 변화, 열망 등을 신중하고 현명하게 받아들여 서로 섞이고 서로를 보완한다.

토베 얀손은 핀란드계 스웨덴어로 글을 쓰는 핀란드의 작가이자 화가로, 만화가이자 삽화가이기도 하다. 예술가의 딸(아버지는 조각가였고 어머니는 그래픽디자이너이자 삽화가였다)로 태어난 토베 얀손은 무민 가족이라는 독특한 캐릭터를 만들어내면서 세상에 널리 알려지게 되었다. 20년이 넘게 부모님, 남동생, 조카 등과 함께 브레드스케르섬에서 여름을 보냈다. 훗날 클로브하루섬에 작은 집을 짓고 배우자였던 예술가 툴리키 피에틸레와 함께 살았다. 핀란드만에 있는 이 두 섬에서의 생활은 『여름의 책』 속 이야기들에 짙게 배어 있다.

파타고니아

아르헨티나와
칠레

Patagonia
Argentina - Chile

"우수아이아에서 하버턴의 브리지스 농장까지 가려면 비글 해협을 끼고 50킬로미터 이상을 걸어야 했다.
첫 구간은 해안까지 이어진 숲길로 완만한 내리막이었는데, 나뭇가지 사이로 언뜻언뜻 짙푸른 바다가 보였다. 그리고 조수에 떠밀려 온 기다란 자줏빛 해조류가 물결을 따라 넘실대고 있었다. 더 나아가자 겹겹이 쌓인 구릉지가 나왔는데, 군데군데 데이지꽃과 버섯들이 자라는 부드러운 초원이 넓게 펼쳐졌다.
해풍이 흔적을 남긴 해안선을 따라 바닷물에 하얗게 바랜 유목(流木)들이 널려 있었고, 여기저기 배에서 떨어져 나온 선재와 고래 뼈도 보였다. 바위들은 새똥 탓에 밀가루를 뒤집어쓴 것처럼 온통 하얀색이었다. 바위 위에 앉았던 가마우지와 남방기러기들이 일제히 날아오르며 흑백의 섬광을 뿌렸다."

파타고니아

Bruce Chatwin
1977

브루스 채트윈 지음
신화를 더욱 굳건하게 다지는 여행,
기행문학의 역사를 바꿔놓은 작품.

세상의 끝에서 할머니의 사촌이 결혼 선물로 브루스 채트윈의 할머니에게 보냈던 불그레한 털이 한 움큼 달린 가죽 조각은, 작가가 지구가 끝나는 곳인 이 머나먼 파타고니아로 여행을 떠나온 이유가 되었다. 가족 사이에서 전해 내려오던 전설 같은 이야기에 따르면 식당 유리 장식장에 보관되어 있던 이 조각은 브론토사우루스의 것으로 파타고니아의 동굴에서 발견되었다고 한다. 채트윈은 이 자취를 따라 떠나, 여섯 달 동안 칠레와 아르헨티나에 걸친 파타고니아 전역를 돌아다니며 다양한 사람을

만났다. 괴짜들, 파타고니아에서 추방된 사람들, 시간에 갇힌 사람들…. 코노 수르(아르헨티나와 칠레가 만나 만든 삼각형 모양의 땅으로 아메리카 대륙 남단에 있다. —옮긴이)에서는 영국의 셰에라자드가 이야기를 풀어놓듯 일련의 믿기 어려운 이야기들이 계속해서 이어진다. 『파타고니아』는 여행자의 여정에 따른 묘사뿐만 아니라, 현실과 허구의 경계에 선 사람들의 수 세기에 걸친 발자취를 좇으며 나누는 역사적 대화를 통해 엄청난 정보를 전해준다.

찰스 브루스 채트윈은 픽션과 논픽션의 경계를 모호하게 만든, 방랑의 삶을 담은 여행기를 발표해 유명해진 영국 출신의 작가다. 채트윈은 《선데이 타임스》에서 통신원으로 일할 때 파타고니아에 가고 있다며 신문에 짤막한 글을 보내곤 했다. 이 모험을 다룬 책으로 채트윈은 기행문학에 혁명을 불러일으켰다. 그는 파타고니아에 전설과도 같은 영광을 안겨줬고, 춥고 불순한 일기에 적응하기 어려워 사람조차 살지 않는 풍경이 상상의 세계의 한 부분을 차지하게 했다.

우타섬

일본의 이세만(灣)

Uta-jima
Ise, Japan

"바람 부는 날이면 이세해와 태평양을 잇는 이 좁다란 해문에는 어김없이 소용돌이가 일었다. (…) 우타지마 등대에서 남동쪽을 바라보면 태평양이 조금 보이고, 강한 서풍이 부는 맑은 새벽엔 북동쪽의 아쓰미만 아득히 먼 산 저편으로 후지산이 희미하게 보였다."

파도 소리

Yukio Mishima
1954

미시마 유키오 지음
머나먼 일본의 작고 조용한 섬에서 펼쳐지는 극적인 첫사랑 이야기.

신지 쿠보는 일본 남부 해안의 작은 만에 있는 우타지마라는 외딴섬에서 어부로 살아가는 가난한 젊은이다. 중등교육을 마친 열여덟 살 청년인 신지는 그곳에 사는 다른 청년들과 마찬가지로 상인인 테리요시 영감의 딸인 하스에가 고향에 돌아오자마자 그녀의 미모에 심히 충격을 받았다. 하스에는 아버지가 해녀에게 보냈다가 다시 불러들여 집으로 돌아온 참이었다. 테리요시는 우타지마에서 가장 부유한 인물이었는데, 가문의 사업을 이어받을 수 있도록 하스에에게 남편을 찾아줄 때가 되었다고 생각

하고 있었다. 그사이 신지와 하스에는 서로 사랑하게 되었다. 두 사람은 원초적이고 매서운 비바람이 몰아치는 상황에서 그리고 두 사람의 관계를 깨려는 듯 파도 소리가 내달리는 곳에서 처음으로 사랑을 나눈다. 소설의 도입부에는 등장인물들의 감정이 녹아 있는 듯한 원시적인 풍경이 등장해 젊은이들의 사랑이 자아내는 흔들림과 두려움을 그려내고 있다.

미시마 유키오는 도쿄에서 태어났으며 본명은 히라오카 기미타케다. 아주 어려서부터 당대 유럽 작가들의 작품과 일본 고전 작품들을 닥치는 대로 읽었다. 『파도 소리』에서 미시마 유키오는 소설의 무대를 멀리 떨어진 황량한 섬으로 설정하고 있다. 이를 통해 일본 시골 마을의 소박한 삶과 도쿄로 대표되는 근대적인 세계를 대비시킨다. 아주 먼 옛날부터 섬에서는 하루하루의 삶이 달의 위상과 계절의 변화에 따라 이루어졌다. 주민들의 삶은 전통과 일상에 따라 돌아갔으며 개인적으로 커다란 야망을 꿈꾸긴 어려웠다. 조그만 섬 안 어디서든 벗어날 수 없는 파도 소리는 이곳 섬사람들의 개인적인 드라마가 빚어내는 때론 격렬하고 때론 잔잔하기도 한 삶의 굴곡을 잘 반영하고 있다.

센트럴파크

미국의 뉴욕

Central Park

NewYork, Unite States of America

"나는 평생을 뉴욕에서 살았고, 어렸을 적부터 센트럴파크에 매일 스케이트나 자전거를 타러 갔기 때문에 그곳은 손바닥 들여다보듯이 알고 있었다. 그러나 그날 밤은 연못을 찾는 데 무척 애를 먹었다. 연못이 어디에 있는지 — 남쪽 센트럴파크 가까이에 있었다 — 확실하게 알고 있었다. 그러나 좀처럼 찾을 수가 없었다. 내가 생각했던 것보다 더 취해 있었던 게 틀림없었다. 쉴 새 없이 걷고 또 걸었다. 걸으면 걸을수록 점점 더 어두워졌고, 점점 더 무서워지기 시작했다."

호밀밭의 파수꾼

J. D. Salinger

1951

제롬 데이비드 샐린저 지음

환멸에 빠진 냉소적인 청소년의 마음에서 우러난 생생한 고백.

열여섯 살 소년 홀든 콜필드의 독백으로 이루어진 소설이다. 홀든은 자신을 둘러싸고 있는 거의 모든 일과 사람들에게 거부감을 느끼고 있다. 예리하고 냉소적인 데다 반항적인 이 소년은 재학 중이던 펜시 고등학교에서 쫓겨나자 정신적으로 방황하게 된다. 그의 눈과 전후 뉴욕의 길거리 언어를 통해 작가는 순수함을 잃어버린 시대를 배경으로 청소년기에서 성인기로 넘어가는 시기에 느끼는 두려움을 생생하게 그려내고 있다. 쉽게 읽히는 이 소설로 샐린저는 젊은 독자들의 마음을 사로잡았다. 샐

린저는 자기가 직접 소설 속 화자가 되어 모순에 빠진 청소년들의 모습을 잡아내며 독자들에게 엄청난 공감을 불러일으켰다. 뉴욕시는 샐린저 소설의 또 하나의 주인공이었다. 겨울철 센트럴파크의 황량함과 감상적인 모습은 홀든을 생각 속에서 헤매게 한다. 불안에 빠진 그는 연못이 얼면 오리들은 어디로 갈까 궁금해한다.

제롬 데이비드 샐린저는 뉴욕의 유복한 가정에서 태어났다. 학업에선 그다지 두드러진 성적을 내지 못했고, 학업을 마친 다음 제2차 세계대전이 시작되자 군에 입대했다. 방첩부대에 참여했던 경험은 샐린저의 삶에 깊은 인상을 남겼다. 유일한 소설이었던『호밀밭의 파수꾼』이 성공을 거두자 미국 북서부의 코니시에 오두막을 짓고 평생 고립된 삶을 살았으며, 명성뿐만 아니라 외부인들과의 접촉도 일절 거부했다. 이러한 자의적인 고립 생활을 하며 죽을 때까지 그는 더 이상 단 한 편의 글도 출판하지 않았다.

막달레나강

콜롬비아

Magdalena River

Colombia

콜레라 시대의 사랑

Gabriel García Márquez

1985

가브리엘 가르시아 마르케스 지음

강을 거슬러 오르는 여행에서 이루어질, 반세기 이상 이어져 온 사랑의 약속.

오랫동안 간직한 사랑과 노년 그리고 죽음을 다루고 있는 소설이다. 마르케스는 가족간의 차이가 빚어낸 파란만장하면서도 낭만적이었던 부모님의 사랑 이야기에서 소설의 영감을 받았다. 플로렌티노 아리사는 독서를 즐기고 사랑의 시를 짓는 것을 좋아하는 청년이다. 그는 페르미나 다사를 미친 듯이 사랑했기에, 평생 사랑할 것을 맹세한다. 페르미나는 자존심이 강하지만 충동적인 성격을 지닌 여인으로, 열여덟 살에 플로렌티노를 버리고 그다지 사랑하지 않는 다른 남자와 결혼하기로 마음먹는다.

"그들은 변변한 강둑도 없이 여기저기 흩어진 메마른 모래밭 사이를 흐르는 강을 따라 천천히 수평선을 향해 항해하고 있었다. 하구의 탁한 강물과는 달리 그곳의 강물은 느리고, 맑고, 투명했으며, 무섭게 작열하는 태양 아래서 금속성 광채를 발산하고 있었다. 페르미나 다사는 그곳이 모래섬들로 이루어진 삼각주 같다는 인상을 받았다.
'앞으로 이 강에 남아 있을 것은 별로 없어요.' 선장이 그에게 이야기했다.
사실 플로렌티노 아리사는 너무 많은 변화에 적지 않게 놀라고 있었는데, 항해가 더 어려워질 다음 날엔 그 정도가 더 심해질 것 같았다. 그는 세계에서 가장 큰 강 중의 하나로 강의 아버지라 할 수 있는 막달레나강이 기억 속의 허상에 불과하단 사실을 깨달았다."

70대의 과부가 된 그녀 앞에 50년이 넘게 사랑의 약속을 가슴속에 간직해 온 플로렌티노가 다시 나타난다. 평생이 걸린 재회를 한 두 사람은 모든 것을 떨치고 증기선을 타서 막달레나강을 거슬러 오르는 여행을 함께 떠난다. 소설 속 등장인물이자 상징인 강은 두 사람에게 미동도 없이 강변에서 입만 벌리고 있던 악어가 즐비하던 시절, 앵무새와 긴꼬리원숭이들이 쉴 새 없이 넋두리를 늘어놓던 시절, 강변에 뚫고 들어갈 수 없을 정도로 밀림이 우거졌던 시절을 되돌아보게 한다. 사랑과도 같이 생명이 다시 태어나는 자연을 떠올리게 한다.

가브리엘 호세 가르시아 마르케스는 콜롬비아의 카리브 해변 안쪽에 자리 잡은 아라카타카에서 태어났다. 어린 시절과 중등 교육을 받던 6년 그리고 대학을 다니던 2년 동안, 매년 두어 차례 막달레나강을 여행했다. 바란키야(카리브해에 접한)에서 푸에르토 살가르(그곳에서 보고타로 가는 기차를 탔다)까지의 여정은 유량이 풍부하면 닷새면 충분했지만, 가뭄이 들면 3주까지도 걸렸다. 아무튼, 삶은 배에서 열리는 축제였다. 마르케스는 60대 때 한 인터뷰에서 다시 소년으로 돌아가고 싶은 유일한 이유가 증기선을 타고 다시 막달레나강을 여행하고 싶어서라고 말하기도 했다.

하늘긴꼬리닭산

중국의 쓰촨성

A Mountain of Yingjing

Sichuan, China

발자크과 바느질하는 중국 소녀

Dai Sijie

2000

다이 시지에 지음

공산주의 중국에서 구명환 역할을 해주었던 언어의 상징적인 힘.

1966년 중국의 문화혁명기에 두 젊은이가 마오쩌둥 사상에 기초한 재교육 과정을 이수하기 위해 티베트 근처의 쓰촨성이라는 머나먼 곳에 있는 하늘긴꼬리닭산으로 강제 이송되었다. 태어난 도시로 다시 돌아갈 수 있을 것 같지 않았지만, 엄혹한 삶의 조건을 잘 참아내고 있던 이들 앞에 오노레 드 발자크, 귀스타브 플로베르, 샤를 보들레르, 표도르 도스토옙프스키, 레프 톨스토이, 찰스 디킨스, 러디어드 키플링 등이 쓴 서구 문학을 상징하는 작품들로 가득한 비밀 가방이 출현하고, 이는 모든 것을 바

"하늘긴꼬리닭산에는 비가 자주 내렸다. 거의 사흘 중 이틀은 비가 내렸다. 천둥을 동반한 폭우나 소나기는 드물었지만, 음울한 기운의 가랑비는 끊이지 않고 추적추적 내렸다. 우리가 사는 오두막집 주변의 산봉우리며 바위들이 짙고 을씨년스러운 안개 속으로 모습을 감췄다. 비현실적이고 환상적인 풍경이 우리를 우울하게 만들곤 했다. 습기 찬 집 안에서 머무는 시간이 많아질수록 곰팡이는 점점 더 기승을 부리며 모두의 건강을 갉아먹었다. 사실 지하실에서 사는 것보다 더 해로웠다."

꾸는 계기가 되었다. 책에 빠져든 두 젊은이는 마을 사람들에게 책 이야기를 들려주는 등 문학을 통해 다른 삶, 다른 세계를 살아간다. 결국 두 젊은이는 그곳에서 가장 아름다운 재단사의 딸인 바느질하는 소녀와 사랑에 빠지게 된다. 이 소설에서 문학은 탁월한 아름다움을 지닌 시적인 문장을 통해 주인공들에게 삶의 뿌리이자 지혜와 행복의 샘이 되어준다.

다이 시지에는 중국의 소설가이자 영화인으로 1984년부터 프랑스에서 살고 있다. 중국의 문화혁명기에 의사였던 그의 부모가 반동적인 부르주아로 간주되어 감옥에 갇히자 시지에는 쓰촨성의 산중에 있는 외딴 마을의 마오쩌둥주의 재교육 시설로 보내져, 그곳에서 열네 살부터 열여덟 살까지 지내게 된다. 바깥세상으로 나가도 좋다는 허가가 나자 그는 집으로 돌아와 학교에서 교사로 일했다. 1976년 마오쩌둥이 죽자 북경에서 예술사를 공부했으며, 훗날 장학금을 받아 프랑스로 가서 영화를 공부했다. 이런 경험이 시지에가 소설을 쓸 수 있는 토대가 되었고, 이후 직접 감독이 되어 영상을 제작하기도 했다.

사하라

모로코

Sahara
Morocco

" 그녀의 눈앞에서 마치 손가락이 벌어지듯 모래언덕들이 천천히 움직였다. 찌는 듯한 계곡 바닥을 따라 황금빛 개울이 흐르고 있었다. 작열하는 태양에 달궈진 작은 파도들이 고집스레 이어졌고, 완벽하게 곡선을 이룬 넓고 하얀 해변이 붉은 모래 바다 앞에 미동도 하지 않고 있었다."

사막

J. M. G. Le Clézio
1980

르 클레지오 지음
모든 것의 시점이자 종점인 사막을 배경으로 귀속 의식과 뿌리 뽑힌 인간을 그려낸 이야기.

이 소설은 처음부터 끝까지 두 가지 이야기가 강하게 연관되어 흘러간다. 하나는 탕헤르의 빈민가에서 살고 있는 소녀 랄라의 이야기이고, 하나는 프랑스 식민지 군대를 피해 도망치는 사하라 사막의 전사이자 '청색 인간' 중 한 사람인 소년 누르의 이야기다. 여기에서 두 이야기의 연결 고리는 랄라가 '청색 인간'의 후손이라는 것이다. 무한히 펼쳐진 무언의 사막과 아름다운 모래언덕은 랄라에겐 낙원과도 같은 곳이다. 이 타는 듯한 풍경에서 그녀는 무한한 자유를 느낀다. 랄라는 또한 극단적인 기후에

저항하며, 늙은 어부인 나망의 입을 통해 사막의 전설을 배운다. 랄라는 사랑하는 목동인 하르타니와 길을 떠난다. 그러나 결국 모든 것을 버리고 마르세유로 가, 이민자라는 새로운 환경에서 살아가야만 했다. 수많은 역경을 겪고 나서 랄라는 마음을 강하게 사로잡고 있는 사막을 되찾기 위해 자신의 뿌리이자 근원으로 돌아간다. 자신이 살고 싶은 유일한 곳이 사막이라는 점엔 의심의 여지가 없었다. 그곳에서 자연의 힘에 직면하고, 자연의 무한한 아름다움이 인간의 덧없이 흘러가는 현실에 맞설 수 있는 절대적인 현실이라는 것을 깨달으면서 랄라는 진정한 자아를 발견하게 된다.

장 마리 귀스타브 르 클레지오는 어쩌면 뿌리가 뽑힌 프랑스의 작가로, 언어만이 그가 살아가는 유일한 세계라고 할 법했다. 모리셔스섬으로 이주한 브르타뉴인의 후손으로, 프랑스 니스와 아버지가 몇 년 동안 일했던 나이지리아를 오가며 유년기를 보냈다. 태국, 멕시코, 파나마, 미국, 모리셔스, 한국과 같은 나라에서 교수 등으로 일하며 살았다. 그의 두 번째 아내이자 두 아이의 어머니인 제미아는 모로코 출신으로, 대단한 성공을 거뒀던 이 소설의 무대가 된 나라를 새롭게 발견할 수 있게 해주었다.

이구냐 계곡

스페인의 칸타브리아

Valle de Iguña

Cantabria, Spain

"수리부엉이는 계곡의 차분하고 고즈넉한 분위기가 자기에게 밀려오는 것을 느끼고 싶었고, 조각조각 나뉜 초원 여기저기 작은 마을들이 흩어져 있는 걸 바라보는 것을 아주 좋아했다. 가끔 울창한 밤나무 숲이 드리우는 어두운 그림자, 혹은 유칼립투스 숲이 비추는 무광의 밝은 색상이 눈에 들어왔다. 저 멀리 사방에 펼쳐진 산들은 계절과 날씨에 따라 모습을 바꿨다. 특히 어두운 날엔 식물로 가득한 가벼운 모습에서 광물이나 납처럼 밀도가 느껴지는 단단한 모습으로 변신하곤 했다."

길

Miguel Delibes
1950

미겔 델리베스 지음

칸타브리아의 목가적인 풍경을 배경으로 펼쳐지는 절정의 순수함이 담긴 시골 생활 이야기.

전후 스페인 시골을 무대로 펼쳐지는 『길』은 수리부엉이라는 별명을 가진 주인공 다니엘이 어린 시절을 거쳐 어른이 되어가는 동안, 시골 마을이라는 작은 우주에서 경험을 쌓고 삶을 배워나가는 고전적인 성장소설이다. 자연과 자연이 순환하는 관계 속에서 이 작품은 삶과 우정 그리고 사랑의 발견을 노래하지만, 그러다 종종 고통과 죽음이 여기저기에서 불쑥불쑥 고개를 내밀기도 한다. 그러나 무엇보다도 소설 속에는 책의 시작부터 다니엘의 목을 누르고 있는 것 같은, 유년 시절 누렸던 낙원에 대

한 상실감이 내내 흐르고 있다. 이야기는 공부하러 수도인 마드리드로 가기 위해 다니엘이 기차에 오르기 바로 전날부터 시작한다. 여기에서부터 소설은 기억을 더듬으며 잃어버린 낙원과도 같았던 세상, 좋기도 나쁘기도 했던 유년기의 세상을 다시 되짚어 간다. 작가의 삶과 작품에서 모예도(소설 속 가상의 마을에 영감을 주었던 실제 마을)와 그 주변 환경은 단순한 풍경 이상의 가치를 지닌다. 델리베스는 언젠가 세 번째 소설이었던 『길』에서 자기만의 서사 스타일을 찾을 수 있었다고 말하기도 했다.

미겔 델리베스는 내전 이후 스페인 문학을 대표하는 작가다. 『길』에 등장하는 지리적인 외연은 명확하게 언급되어 있진 않지만, 칸타브리아의 모예도(이구냐 계곡) 마을이다. 델리베스는 이곳에서 유년기와 청소년기에 여러 차례 여름을 보냈다. 그의 아버지 아돌포와 철도 건설에 참여하기 위해 프랑스를 떠나 칸타브리아로 왔던 할아버지 프레데릭이 살았던 마을이었다. 목초지와 숲, 농가가 점점이 흩어져 있던 계곡은 남쪽의 메마른 갈색을 띤 카스티야의 평야와 북쪽의 푸른 바다를 이어주는 곳이었다.

프로치다섬

이탈리아의
나폴리만

Procida
Naples, Italy

"물도 대기도 너무 깨끗한 덕에 이스키아섬의 작은 집들과 등대는 바다에 투영되어 똑같은 모습을 만들고 있었다. 모든 것이 너무 또렷하고 선명해 하나하나 호젓하단 생각이 들 정도였다. 그와 동시에 수많은 색상이 서로 섞여 녹색과 하늘색, 황금색이 어우러진 밝고 신비한 색을 자아냈다. 잠시 후면 색은 또 달라져 있을 것이다. 쉴 새 없이 빛 사이를 날아다니는 멋진 벌레 떼처럼 눈으론 감지할 수 없는 미묘한 변화가 일어날 것이다. 언덕 위에 솟아 있는 음울한 교도소까지도 아침부터 저녁까지 끊임없이 색을 달리하는 무지개 같다는 생각이 들었다."

아서의 섬

Elsa Morante
1957

엘사 모란테 지음
외롭고 혼란스러운 청소년기를 지나는 아이를 위해 섬이 감춰두었던 비밀.

아서는 나폴리만의 섬 프로치다에서 태어나, 유년기와 청소년기를 보냈다. 일찍이 어머니를 잃고 외로웠던 아서의 삶은 그와 함께 보낸 시간이 거의 없었음에도 존경하게 된, 이상화된 아버지의 모습과 연결되어 있다. 어느 날 자기와 비슷한 나이의 여자(아버지가 데려온 새어머니)가 집에 들어오자(그때까지만 해도 집은 여성이 존재하지 않는 공간이었다) 아서의 감정은 더 깊게 가라앉게 된다. 이 성장과 배움의 소설은 지구상의 아주 작은 공간임에도 어린 아서에겐 우주와도 같았던 지중해의 작은 섬

에 그 무대를 두고 있다. 오래된 감옥이 망루처럼 솟아 있고 형형색색의 집들과 바다를 향해 치닫던 좁은 골목이 있던 공간, 좁긴 했지만 반짝반짝 빛이 나던 그 공간은 좌표를 설정하지 못하고 있던 그에겐 사랑을 발견하게 되는 공간이기도 했다. 또한 청소년의 눈으로 볼 땐 무자비할 정도로 모진 비밀과 거짓이 담긴 공간이기도 했다. 이렇게 아서의 청소년기를 고독과 환희로 채운 섬은 세월이 흘러 그에게 아련한 기억으로 남는다.

엘사 모란테는 20세기 이탈리아를 대표하는 위대한 작가다. 열여덟 살에 가족을 떠나 혼자 살며 소설을 써서 잡지에 첫 단편소설들을 발표했다. 제2차 세계대전 기간엔 그녀와 남편이었던 작가 알베르토 모라비아가 모두 유대인이었던 탓에 파시스트들의 손에서 도망치기 위해 로마를 벗어났다. 당시 두 사람은 잠시 나폴리와 나폴리 앞에 펼쳐져 있던 드넓은 나폴리만의 섬들을 오가며 살았는데, 이곳은 그들의 삶에서 아주 중요한 곳이 되었다. 모란테는 자신의 작품에서 프리치다섬을 매혹적인 감옥의 상징으로 바꿔놓았다.

솔로뉴

프랑스
상트르발드루아르 지역

Sologne
Centre-Val de Loire, France

"셰르 강변은 얼마나 아름다웠는지! 우리가 걸음을 멈춰 섰던 물가의 가장자리는 끝 쪽이 완만하게 경사가 졌는데, 땅은 작은 정원처럼 버드나무 울타리로 경계가 진 푸른색의 작은 풀밭으로 나뉘어 있었다."

대장 몬느

Alain-Fournier
1913

알랭 푸르니에 지음
모험심이 많던 소년에게 삶의 동력이 되어준 환상과도 같았던 무조건적인 사랑에 대한 동경.

어느 날 오귀스트 몬느는 길을 잃고 숲을 헤매다 호화로운 행사를 준비하고 있는 거대한 저택에 도착하게 된다. 어쩌다 오귀스트는 파티에 참여해 그곳에서 평생 그를 들뜨게 했던 여인과 잠시 마주친다. 다음 날 집으로 돌아간 소년은 그 여인을 잊지 못해 저택으로 떠나지만 가는 길을 찾지 못한다. 오귀스트는 친구인 프랑수아의 도움을 받아 온갖 방법을 동원해 그녀를 찾아내려고 애쓴다. 프랑스의 시골 마을을 배경으로 하는 이 소설은 열정적인 소년이 맞닥뜨린 사랑의 시작점을 신비로움과 감상을 뒤

섞어 서술하고 있다. 대담하고 모험심 강한 몬느와 나약하고 감수성이 예민한 프랑수아의 진실한 우정 또한 섬세하게 묘사된다. 계절들의 다양한 색, 대지, 여름의 열기, 밤의 소리와 침묵과 같은 풍경 역시 소설 속에서 주인공과 같은 역할을 한다. 그래서인지 이 소설은 불안한 가운데에서도 사람을 홀리는 마력에 가까운 분위기를 풍긴다.

앙리 알방 푸르니에는 제1차 세계대전이 시작된 지 얼마 되지 않아 스물일곱 살의 나이로 전선에서 세상을 떴다. 그는 프랑스 중부 지방에 있는 고향 마을인 솔로뉴를 무대로 한 유일한 소설을 남겼다. (알랭 푸르니에라는 필명으로 출판했다.) 푸르니에는 에피네이르플루리엘 마을에서 책의 상당 부분의 무대로 쓰인 곳의 영감을 받았다. 또한 이곳의 초등학교에서 교사였던 아버지에게 가르침을 받기도 했다. 솔로뉴와 셰르강은 야생동물이 많았던 호수와 연못, 숲과 습지로 뒤덮인 야생의 풍경이 진정한 의미에서의 모자이크와 같이 어우러진 곳이었다.

우무오피아

나이지리아

Umuopia
Nigeria

"올해의 마지막 큰비가 내리고 있었다. 새롭게 벽을 쌓을 붉은 진흙을 밟아야 할 때였다. 미리 하자니 비가 너무 강하게 와서 밟아놓은 흙더미를 쓸어갈 것 같았고, 뒤로 미루자니 추수기와 겹쳤을 뿐만 아니라 건기가 다가오고 있어 그럴 수도 없었다. 오콩코의 음반타에서의 마지막 추수였다."

모든 것이 산산이 부서지다

Chinua Achebe
1958

치누아 아체베 지음
자신들의 세계가 무너지는 것을 막기 위한 한 남자의 처절한 투쟁.

나이지리아 작가 치누아 아체베의 최고 걸작으로, 근대 아프리카 문학 작품 중에서 가장 많은 사람에게 읽힌 작품이다. 우무오피아라는 가상의 마을에서 이루어지는 삶은, 유럽 작가의 필터를 거치지 않고 독자들에게 자신들의 세계를 소개하기 위해 소설 속 줄거리에 기가 막히게 엮어 넣은 이보 부족의 문화와 신화를 중심으로 돌아간다. 즉, 마을의 물리적인 풍경과 일상의 삶이 하나가 되는 세상을 그리고 있다. 우무오피아의 지도자가 될 결심을 한 주인공 오콩코에게 교차로는 서부 아프리카에 유럽의

백인 선교사들이 도래한 시점을 상징한다. 한 아이를 희생시킨 죄로 7년의 유배 생활 끝에 마을로 돌아온 주인공은 그가 알고 있었고 신성하다고 생각했던 삶의 방식이 무너져 버린 현실과 마주한다. 오콩코는 이러한 변화에 저항했지만, 피할 수 없을 정도로 충격적인 이 변화는 비극적인 방식으로 그를 끌어내리고 만다.

앨버트 치누알루모구 아체베는 나이지리아 기독교 선교의 중심지 중 하나인 오기디에서, 선교사들이 세운 학교의 교사였던 아버지 아래 태어났다. 그의 첫 작품이자 가장 널리 알려진 작품인 『모든 것이 산산이 부서지다』는 서구의 시각을 섞지 않고 피식민자의 시각에서 복잡다단한 식민주의의 역사를 설명하고 있다는 점에서 아프리카 문학의 선구자 격인 작품이다. 아체베가 속했던 이보 부족의 마을을 중심으로 펼쳐지는 역사는 부족의 지도자로 자존심이 강하고 다혈질이었던 한 남자에 의해 구현된다. 하지만 그가 부족이 무너져 내리는 것을 목격하면서 이야기는 결국 파멸에 이른다.

*

그림 누리아 솔소나

스페인 바르셀로나 대학교에서 순수 미술을 전공했다. 스페인 국내 및 핀란드, 독일, 네덜란드, 뉴델리 등지에서 전시와 프로젝트를 진행하며 국제적으로도 다양한 활동을 했다. 비엔나에 거주하는 예술가 프로그램에서 예술가로 활동했으며, 조각과 사진 관련 작품으로도 여러 차례 상을 수상했다. 현재 바르셀로나에 거주하며 스페인의 다양한 출판사와 그래픽 스튜디오에서 아트 디렉터 겸 일러스트레이터로 일하고 있다.

글 리카르도 렌돈

스페인 바르셀로나에서 가장 매력적인 아동 서점 중 하나인 Abracadabra Llibres를 운영 중이다. 20년이 넘게 문학 편집자로 일해왔으며, 특히 아동 문학에 대한 큰 사랑이 이어져 지금의 서점을 열게 되었다. 현재까지 문학 편집자와 서점의 운영을 겸하고 있다.

번역 남진희

한국외국어대학교에서 중남미 문학을 연구하여 박사 학위를 받았다. 한국외국어대학교에서 강의를 하면서 스페인·중남미 문학 작품을 우리말로 옮기는 일을 하고 있다. 옮긴 책으로 『눈으로 들어보렴』『완벽한 가족』『버려진 버스에 사는 내 친구 아얄라』『돌연변이 용과 함께 배우는 유전학』『나도 세상을 바꿀 수 있어』『모바일 유령』 등이 있다.

Paisajes literarios
문학 속의 풍경들

초판 1쇄 인쇄 | 2024년 11월 1일
초판 1쇄 발행 | 2024년 11월 15일

그림 | 누리아 솔소나
글 | 리카르도 렌돈
옮긴이 | 남진희

발행인 | 문성미
편집 | 김정현
펴낸곳 | 로즈윙클 프레스
출판신고 | 제2024-000005호(2024년 1월 8일)
주소 | 서울시 마포구 월드컵로16길 51 504호
이메일 | rosewinklepress@gmail.com

ISBN 979-11-989496-1-5 (03800)